编 委 会

凤仪福壤

太仓市诗词协会
沧江吟社 编

上海文化出版社

图书在版编目（CIP）数据

凤仪福壤 / 太仓市诗词协会，沧江吟社编 . — 上海：
上海文化出版社 , 2023.3
　ISBN 978-7-5535-2703-1

　Ⅰ . ①凤… Ⅱ . ①太… ②沧… Ⅲ . ①诗词—作品集
—中国—当代 Ⅳ . ① I227

　　中国国家版本馆 CIP 数据核字（2023）第 039517 号

出　版　人　姜逸青
责任编辑　吴志刚
　　　　　　王茹筠
装帧设计　长　岛

书　　　名：凤仪福壤
编　　者：太仓市诗词协会　　沧江吟社
出　　版：上海世纪出版集团　上海文化出版社
地　　址：上海市闵行区号景路 159 弄 A 座 3 楼　201101
发　　行：上海文艺出版社发行中心
　　　　　上海市闵行区号景路 159 弄 A 座 2 楼　201101　www.ewen.co
印　　刷：苏州市越洋印刷有限公司
开　　本：787×1092　1/16
印　　张：12　插页4
版　　次：2023 年 3 月第一版　2023 年 3 月第一次印刷
书　　号：ISBN 978-7-5535-2703-1/I·1041
定　　价：48.00 元
告　读　者：如发现本书有质量问题请与印刷厂质量科联系 T：0512-68180638

序一

　　莲者，怜也。同根并蒂，历风霜而不靡。"采莲将欲寄同心，秋风落花空复情。"（王适《江上有怀》）"无端隔水抛莲子，遥被人知半日羞。"（皇甫松《采莲子》）唐人以为花之情种。莲者，廉也。玉洁冰清，出淤泥而不染。"泥根玉雪元无染，风叶青葱亦自香。"（范成大《州宅堂前荷花》）"净根元不竟芳菲，万柄亭亭出碧漪。"（林景熙《荷花》）宋人以为花之君子。其为美也，亦花亦叶，入诗入画，可风可雅，宜古宜今。往岁荷月，词人墨客每雅集拙政园，游园赏花，吟咏唱和，洵为吴中韵事。今岁仲夏，太仓诗协葛为平会长谓余曰："年年池边观荷，莫若一朝田间亲荷。邑中双凤镇荷田三百亩，花开正好，盍往一游乎？"余闻言心动，曰："诺。"乃择期小暑后三日，邀集太仓、吴江、昆山、常熟、张家港及苏州吟友六十余人，举办辛丑仲夏双凤赏荷雅集。

　　双凤镇在太仓城西，当太、昆、常三县之交，有双凤寺、玉皇阁诸胜，吴中名镇也。少时舌耕昆山周墅，与双凤毗邻。春秋闲暇，尝偕三五学生，步行十余里至此，作浮生半日之游，餐羊肉面而归。白首重来，旧梦已遥，陈迹都无。恰梅雨初霁，炎日丽空，荷叶涟漪，连陌接天。十里荷荡，红红白白，摇曳生姿。或跂立顾盼，若有所待；或三五结伴，窃窃私语。熏风轻拂，暗香浮动，沁心入怀。吟友置身香海，相与赏荷写荷，说荷咏荷，不觉鹊噪黄昏。乃设席张灯，把酒唱酬，此应彼和，妙语连珠，尽欢而散。葛会长裒辑诸人所作，得诗词百余首，命序于余。因略叙原委，以谢东道厚谊。

　　辛丑立秋前数日，吴门周秦拜撰。

　　周秦，江苏苏州人。苏州大学教授、博士研究生导师，中国昆曲研究中心首席专家，中国昆剧古琴研究会副会长，江苏省文史研究馆馆员。青春版《牡丹亭》首席唱念指导，国家精品视频公开课《昆曲艺术》主讲人。2004年获苏州市政府颁发的"昆曲评弹传承荣誉奖"，2009年获文化部授予的"昆曲优秀理论研究人员"荣誉称号。著有《寸心书屋曲谱》《苏州昆曲》《昆戏集存》《紫钗记评注》《蓬瀛五弄》《湘昆：复兴与传承》等。

序二

凤仪福壤者，双凤之滥觞也。传东晋有天竺沙门支公道林杖锡过梅李，清夜望东南有五色气，旦至南沙尽界，遇高原如息壤，发得石函二龟，移日而化凤。圣德所及，凤凰来仪，双凤寺因是而开基，地方百里遂为双凤乡。及元有国，真人周静清归创道院于斯，三十余载乃升至大玄普福宫。时晋王采舆人之颂，赐名"双凤福地"，由是踞仙家七十二福地之一席也。

双凤里中人文荟萃、事物旁午之属，前人之述备矣。唯良渚时代刀耕火种之史前文明，及中华人民共和国成立以来改革开放之欣荣气象犹未有历数者。

辛丑小暑后，苏州沧浪诗社、吴江秋鲈诗社、常熟红豆诗社、昆山诗词学会、张家港今虞诗社、太仓沧江吟社诗家墨客六十余人会于双凤勤力之百亩莲塘。当是时，连天景象，纵目而放怀；挥毫泼墨，成丹青数十。倚马文章，妙思而生趣；咏荷吟风，得佳构逾百。

及岁杪，沧江吟社暨太仓市诗词协会与双凤里中议治《凤仪福壤》吟集事，共襄以诗咏史、以诗志史之盛举。杜工部诗云：文章千古事，得失寸心知。以诗咏史非辟蹊径而哗众，实为承古而启今；以诗志史不守旧俗而因循，正可传薪而续火。

壬寅春夏，沧江吟社诸诗家览史册之典籍，采乡里之时风，访福地之名胜，探维新之遗存，观田园之新貌，游理想之沃原。至秋，辑得社员诗词并师长旧吟计二百一十一篇，并选辛丑仲夏赏荷雅集诗词一百二十九篇，结集付梓。双凤上下千年史，姑苏吟咏三百篇。虽未能概而求全，冀可从管中窥斑。

是为序。

壬寅季秋

娄东张湧志于破执居

张湧，娄东人氏，流寓钱塘。现为中华诗词学会会员、上海诗词学会会员、苏州沧浪诗社理事、太仓沧江吟社副社长兼秘书长、上海静安诗词社社员、浙江西湖诗社社员。

目 录

contents

开 篇

凤凰来仪

福壤新天

形胜名镇

遗风古韵

鹧鸪天·双凤福地

周黎霞

三秀灵芝瑞气浓，升平歌起凤翔空。上冈西栅寻无恙，佛寺仙祠访有踪。

乡味美，古薆崇。五湖宾客踏春风。民生正见腾飞势，地福还逢世圣功。

凤凰来仪

莺啼序·凤仪福壤

张 湧

南沙石龟化凤，肇新乡福地。历千载、荟萃人文，史志犹记传说。更多少、云烟过了，唯余岁月悠悠逝。喜田园新貌，风来浊心如洗。

客岁曾来，墨客六十，正红莲碧水。泼浓彩、放纵情怀，丹青尤使沉醉。妙心思、文章倚马，构平仄、诗词生气。尽欢愉，小暑斜阳，居然清丽。

今年消夏，故地重游，风光益旖旎。三百亩、一望无际，荷叶田田，藕实青青，别生滋味。稻田理想，机耕阡陌，谁同鸥鹭相盟誓，待何时，更作桃源计。浮生草木，无论物外尘间，不过寂静神识。

神霄旧阁，普福新宫，想叠楼玉砌。度几劫、兴衰建毁。道气应存，仙骨超凡，去来张弛。千年古刹，香烟缭绕，法轮常转双凤寺，叹时光，物故人非矣。愿看今日江南，国泰民安，太平盛世。

七绝·凤林八景

龚道明

上冈高眺

娄水东来浮旭日，虞山西峙映红霞。

千年福地诗催熟，凤翥龙骧天雨花。

双凤古井

美丽传闻引兴长，娄东根柢万年芳。

欣逢盛世波重起，今日腾飞新凤凰。

凤冈野望

碧浪晴川两岸花，良畴千顷望无涯。

琼楼如画星罗布，尽是江村田父家。

小山丛桂

仙桂何年自天落，栽来福地更清扬。

芬芳惹得游人醉，双袖携归入梦香。

北巷寒梅

引领百花迎早春，红梅雪里见精神。

凤林儿女风华茂，打造人间伊甸村。

禅林避暑

古刹庄严佛土香，森森竹木绿阴长。

禅心乍起三洲应，一片祥和暑亦凉。

会龙玩月

澄泓秋水起微波，涌出晶莹双玉珂。

何故广寒非寂寞，嫦娥一号伴嫦娥。

西林夕照

人生如火亦如诗，最恋云天入暮时。

落日衔山似红豆，斜阳满地写相思。

五绝·双凤新十二景小咏

葛为平

双凤，千年古镇，美名福地，文脉杳杳，遗产泱泱。古志有言："凤飞芝秀，唇吻遗芳。"仙风生故里，胜景引骚人。明清间便有《凤林八景》《双凤十二景》等集咏详序，清辞丽句，美不胜收。然，时过境迁，珍台小景已成回忆，盛世大观迭出眼前。余几入凤界，临之感慨，便萌生《双凤新十二景》之选吟。自知才薄，故以小咏而抛引。壬寅夏至日以序。

太仓之根

不向维新去，何推良渚门。

千秋陶上彩，万岁太仓根。

注：景址维新村。

凤林嘉禾

青野连天阔，风情过目深。

春晨犁上绿，秋晚陌中金。

注：景址庆丰村。

澍雨荷风

花开人望断，十里碧荷田。

欲折塘中伞，风翻两袖莲。

注：景址勤力村。

杨林春潮

渔橹依呀远，天风着柳平。

临波飞燕子，立岸望春耕。

注：景址杨林塘。

香街美食

隆冬街上走，米酒向谁沽。

若共烹羊问，先敲孟或俞。

注：景址美食街。孟、俞：泛指孟家、俞长盛等诸家中华老字号羊肉面馆。

龙狮珍馆

珍馆梧中隐，祥云故里蒸。

年丰狮自舞，福庆看龙腾。

注：景址龙狮馆。

上冈秋月

天上千年月，凤东今古桥。

山歌秋半起，分饼看生潮。

注：景址上冈桥。

陵园立雪

絮舞江天素，高碑凿永存。

我摹松柏直，立雪缅忠魂。

注：景址烈士陵园。

古寺梵音

古刹云中肃，鸿题石上金。

尨留支遁影，夕远梵钟音。

注：景址双凤寺。

玉阁仙风

入观浮方外，行香天帝宫。

清虚颜色浅，浅浅是仙风。

注：景址玉皇阁。

黉门飞雏

国帜黉中立，群莺飞入门。

凤巢无短翅，来日可成鲲。

注：景址中小学。黉，古时指学校。

凤祥村墅

春莺啼绿雾，烟阁入方蓬。

绕膝梨花下，垂纶大道东。

注：景址凤祥苑。

水调歌头·双凤福地

葛为平

排梧三十里，栖凤五千年。根追良渚，石盒飞彩起因缘。自古佛光华灿，今日道风觉岸，此处可凭栏。且把西乡眺，揠福眺望间。

青畴阔，金波远，袅炊烟。鸡声鹭影，莲藕深处出乡贤。风物望中一品，秋稼垂成万廪，只语了心安。村籁家山晓，棠政薄云天。

玉楼春·福地棠政

葛为平

玉凤翻飞绵福祉。福祉绵绵时有继。
为垂深眷画新乡，人共筹谋天共势。
一捧清流容貌洗。再捧春风披故里。
碧湖精舍梦千千，好梦千千棠树底。

七律·双凤风采

龚道明

车上徘徊千百度，缘来吉日睹芳容。

衣飘凤羽青罗逊，肤露羊脂白玉同。

福泽绵延行不止，灵光璀璨仰无穷。

从今夜夜相思梦，长在会龙明月中。

行香子·双凤行

郭学平

飞凤仙灵，福地祥光。溯良渚历史流长。仁贤名世，文脉闿彰。且龙狮盛、民乐盛、美餐扬。

今来双凤，风仪千万，眼前嘉景尽辉煌。祥和生活，充满城乡。更农工旺、生态靓、治安强。

七律·美丽传说

葛为平

高僧路过凤低吟，石盒微开五色侵。
址有仙龟增福厚，族因良渚见根深。
农家热灶红衫袖，水郭清风绿底襟。
故里山歌天外彻，山歌万里唱如今。

七绝·凤林浅唱二首

程永彬

其一

卿云绿地最相关，传说当年胜境还。
比翼和鸣谁不识，撩人无限在眉弯。

其二

自古冈身焕瑞霞，荷耕鹊树展芳华。
引笺痴念呈祥事，祝福凤林千万家。

七绝·双凤福地藏头诗二首

龚国澄

其一

双宿双飞玉与萧，凤凰台上忆吹箫。

福因盛世渊源广，地更钟灵底蕴饶。

其二

双双驾着彩云飞，凤至能无紫气归。

福分绵绵和谐世，地灵人杰物天徽。

望海潮·今日凤林

陆淑萍

祥云嘉瑞，芳原福地，千年古镇谁伦。禅定一隅，名扬四海，骖鸾翳凤乾坤。生态绝嚣尘。翠筠聚秀色，寥廓清氛。阴蔚千门，瀛洲居处自由人。

虽经百载艰辛。却依然活力，未失元真。彰显职忠，来仪绩效，周天化故从新。时代熠朝暾。东风标典范，民族精神。勇立潮头逐梦，看我满园春。

七律·福地双凤

钱永泉

紫凤飞来水拍天，街碑寺壁纪韶年。

千秋福地春生绿，万里人寰雨润烟。

草阁重详真幻迹，萧斋再拜古今贤。

先民厚泽连冈脉，映日江洲鸟竞翩。

七律·双凤古镇

钱永泉

幡旗溢郭映河津，枕水楼台玉砌尘。

燕绕回塘沙自涨，花开深巷月还新。

宋元殿塔含烟碧，吴越云霞伴雨春。

莫怨流川风棹远，朝歌夜火醉归人。

七律·凤之乡

钱永泉

江海横流日月悠，飞来瑞凤聚丹丘。

烟村水郭遗风在，野径沙汀古迹留。

照鬓池台漪锦浪，生春井邑起芳洲。

碧川酣醉五千岁，歌吹乡园夜未休。

沁园春·凤鸣春晓

钱永泉

望里乡园，厚地高天，凤翔街东。感川冈柳绿，村头笑语，庭前啼鸟，古邑春浓。草亦深情，水仍清澈，潮起长河洗碧空。回眸处，有纹陶石斧，烧土堆红。

绿洲映碧苍穹。鸥鹭舞，村深烟雨融。恰流年沉醉，卷芦鸣笛，踏青采果，拾趣无穷。梦逐清波，湖光染翠，花满琼田绚彩虹。歌紫耳，伴清香一缕，海韵江风。

七绝·双凤古镇

黄 匡

凤凰台上凤凰游，凤凰双飞集上流。
不是吴郡文脉好，何来祥瑞落江丘。

采桑子·凤林

鲍群慧

水乡迤逦流莺啭，翠陌湖田。杨柳堆烟。路转溪头野渡喧。
寺观林立香炉旺。访道参禅。觉满心虔。雨顺风调济世艰。

七绝·双凤雅韵

朱保平

神龟化凤双飞舞，宝刹梵音献瑞祥。

信足千年精雅地，风含诗意韵生香。

福壤新天

南乡子·美丽新农村

陆淑萍

夜雨入时佳。清气濡如向物华。平野沃畴蓬翠羽，堪夸。甘旨金肤嫩玉瓜。

烟柳拂谁家。亦种诗田亦种花。四季国香幽不谢，无赊。醉了云英醉晚霞。

最高楼·凤乡村长

葛为平

入双凤里数次，遇村主任好几。所闻其道，兴乡之谋皆为大笔；所观其践，富民之术实为精达。其人每日疲竭，其心却甘之不饴。泥腿子乎？真英雄是也。感佩已久，今日命笔。

春知晓，鸡唱总相逢。伊立小桥东。长望眸底皆乡土，无言胸次若苍穹。欲回身，如又想，怎飞鸿。

连万亩、时来金灿灿。接十里、花开花烂漫。波里澈、屋前通。乡情不怕人思断，殷民了以慰深衷。旭初升，光熠熠，照人雄。

七绝·忆儿时新湖乡居三首

周黎霞

其一

草盛苔青四季蔬，清风明月忆吾庐。

桃花香里归巢燕，梅子黄时拱水鱼。

其二

前窗树荫后窗竹，梦觉身浮百鸟音。

莫道童年书卷少，天然一片近诗心。

其三

绿浪风翻满陌香，豆花紫接菜花黄。

此身如蝶寻何处，熏出尘间一梦长。

七律·双凤一九五八

葛为平

恨是当年螺氏多，小虫附体变妖魔。

寻常男子冬瓜肚，二八姑娘黄脸婆。

幸有银锄天上落，容无血怪水中窝。

病根一去春田绿，起舞鸣凰向北歌。

注：一九五八，指 1958 年双凤水乡大战血吸虫病。

忆江南·蒲月双凤采风二首

葛为平

其一

天微雨，涨绿掩车踪。田舍飘来仙凤语，街楼浮幻玉皇宫。衣摆夏荷风。

其二

吟凤处，骚客乱萍踪。良渚陶前花信旧，香街桥畔酒旗红。梧迓粉墙东。

七律·入社区服务大厅

葛为平

长柜迎门匾立中，箴言规矩挂西东。

埋头碌碌皆年少，露齿殷殷是老翁。

隔壁有传丝竹乐，对窗常贯藕莲风。

此间何以连千户，还看高墙一抹红。

五律·夏日庆丰村丰产方观感

葛为平

挥汗浇千顷，时来一片黄。

起歌歌给力，尝麦麦分香。

地意文章气，心升理想光。

但求丰岁庆，不负米粮仓。

五古 · 壬寅仲夏几望双凤采风

张　涌

清夏新荷季，结伴过田家。

隔岸美人蕉，眼前再力花。

轻阴云漠漠，和风叶沙沙。

近午喜微雨，正可润桑麻。

五古 · 和西园公子双凤采风

邵秀华

麦熟蔬果鲜，应邀到田家。

老树迎新客，清荷绽心花。

一望百里耕，千秋风与沙。

黄梅仲夏始，户户话桑麻。

鹧鸪天·凤乡村居

邵秀华

福地西乡临水居，桃园仙境映屠苏。舞低杨柳烟岚处，朝看青莲滚露珠。

新荷绿，衬红蕖。浪花嬉戏叶间鱼。粉墙黛瓦农家舍，晚映流霞红半湖。

七律·凤林佳禾

周彩萍

庆丰澍雨息尘嚣，祥鹤田头影正萧。
万顷麦田金灿灿，一泓绿水碧幺幺。
西瓜多汁能消渴，稻米富硒可待宾。
如问泽乡脱贫计，皆因书记有高招。

西江月·乡村书场听书众生象

周彩萍

晦涩常因声转，悲欢总被弦驱。万般起伏总成虚，赢得唏嘘无数。

旧曲听犹末足，新词颇觉多余。最难消受是情疏，害汝系怀一处。

蝶恋花·勤力观荷遇雨

周彩萍

作计看花天未许，万里晴空，忽聚云无数。想是仙姿天也妒，霎倾百斛无情雨。

静看莲池生雨雾，翠盖俄翻，多少跳珠舞。虽洗幽香情一缕，人间自有芳菲驻。

蝶恋花·凤祥村墅

周彩萍

凤墅临波生晚照。金翠楼台，倒影芙蓉沼。杨柳垂垂风袅袅。蕉花簇簇青梅小。

似此园林无限好。携子归来，到此无烦恼。浓睡醒来星悄悄。漫思执手与卿老。

七律·庆丰委培生

子 愚

携拔回村话语同，稻粮路上馈江东。

三春梦起横桑海，四季情深数雪鸿。

犁地往来常对月，驾机耕种总生风。

田畴或有神明力，助我河山代代雄。

七律 · 双凤万亩丰产方

子 愚

风情小满穗齐黄，雨歇蛙鸣扰月光。

家国田畴连望眼，乡村麦垄向康庄。

方惊此地丰年久，又觉初心正路长。

禾下多藏高尚者，熟时万亩尽天香。

七律 · 农村小水利

子 愚

生机雄起总娄沟，河畔青青绿上楼。

天地相容通万里，风云作伴会三秋。

潮来潮去惊无险，沟短沟长治有谋。

理想田园多望眼，可期月下共行舟。

五律·古镇新改

子　愚

上策顺天意，沿河老宅留。

安居吟岁月，改旧入潮流。

大道花迷眼，新街客满楼。

登高怀沃野，福地有神谋。

五律·富华农机

子　愚

纵横如织锦，稼穑有耕犁。

播尽千方梦，收无半点泥。

烘粮频上下，除害几高低。

天赐春秋色，飞来白鹭栖。

七绝·庆丰村一景

子 愚

杨林北岸万方田，白鹭群栖陌路边。
六月水中烫似火，哪知禾色胜凉泉。

七绝·庆丰村大棚育秧

子 愚

嫩绿秧苗雨露均，炎凉气象在风轮。
丰年纵有万千计，不及棚中早入春。

福壤新天

七绝·庆丰村见闻

子 愚

飞来白鹭伴犁田，客串机旁敢逆天。

莫道春耕无恶煞，青蛙蚯蚓命悲怜。

七绝·福地农保

子 愚

稼穑行情转似轮，旱涝运气岂由人。

巧言福地无灾难，输与耕农保险神。

七绝·稻田生态种养

子 愚

横走禾间草不侵，螟蛾虫虱蟹来擒。
深秋馋客肠休断，滋味随君稻里寻。

七绝·富华粮仓

子 愚

社稷从来食为天，太平天下靠丰年。
仓储未必功名事，却是功名第一篇。

七绝·庆丰村高标准粮田

子 愚

沟渠南北贯东西，雨过天晴绿满堤。
一种工程心一硬，旱涝不再皱眉低。

七绝·农村垃圾分类

子 愚

除却千年陋习难，何堪垃圾满河滩。
一朝分类投箱去，心在乡村好自宽。

七绝·乡村旅游

子 愚

稻野流光白日斜，欲寻幽处煮云茶。
鹭群飞过庆丰路，隐见桥边有一家。

七绝·乡村路牌

子 愚

北过杨林尽稻田，乡村高树入青天。
前程时会疑无路，疑路黄牌总在先。

七绝·小路美景

子　愚

暑天乡野竟无风，客路迢迢望已空。

唯有紫薇偏耐久，无声长送去来红。

七绝·农村小游园

子　愚

路见游园八面开，悄然僻静绝尘埃。

如何一个绿茵地，半与闲翁半与孩。

七绝 · 蔬菜大棚

子 愚

薄膜棚中复重天，依然日月照耕田。
闭门不恨春光浅，一任瓜蔬过眼前。

七绝 · 新湖番茄

子 愚

磊落番茄为客生，正将红透付躬耕。
四时棚内无人识，纵有高怀也得惊。

七绝·夜过庆丰村

子 愚

高灯四野济苍生，十里迢迢夜不惊。
莫问村中兴废事，倒倾银汉照人行。

七绝·农机补贴

子 愚

感旧田间喘似牛，耕耘未敢向天求。
如今补贴来机器，驾驭春秋不再愁。

七绝·帮扶特困户

子 愚

不容孤影带些愁，何况床前雨未休。
寅吃卯粮非旧事，莫忘天下为谁谋。

七绝·集体清产核资

子 愚

锅里分清抱一团，筷头夹紧地能盘。
但看世有亲和力，共与长天饭碗端。

七绝·花美康居

子　愚

七彩鲜花又竞开，恰同梦境远尘埃。
春风也似云中水，一到乡间便不回。

七绝·村规民约

子　愚

四季阴晴自有期，相生相克两相宜。
村规民约循天道，守道当先广学知。

七绝·乡村大道

子　愚

硬道纵横一色新，雨淋日晒不沾尘。
驾车往复客无数，忆昔难行有几人？

七绝·重游双凤荷塘

黄稼英

雨掠吴塘荷出浴，风侵水岸柳梳妆。
去年约定未曾忘，旧地重游话稼桑。

五绝·观双凤彩稻田

黄稼英

地作纹枰格，禾分七彩虹。
田头今树谷，谁不谢袁公。

七绝·赏荷遇雨

黄稼英

新荷又满去年池，白鹭蹁跹立水陂。
细雨朦胧斜纸伞，田园处处有声诗。

清平乐·乡村书场

葛为平

风舒云卷。隔岸吴音软。半日坐中时光短。却把温馨斟满。

情暖何止琵琶。阳光偏爱农家。迟暮归来还看，天边那抹红霞。

渔歌子·凤林四韵

葛为平

采风双凤，看过、听过，真切感受农村之美丽、农民之惬意，山歌如籁，四季如画。家乡如此这般，感慨唯有诗句。

春花

一片油黄垄上花。桃红轻点鹭飞斜。风送雨，雨煎茶。看莺学凤展枝丫。

夏阳

烈日中天照凤乡，犁人梧下好乘凉。摇画扇，掸霓裳。荷边麦色望中黄。

秋风

云淡天高水扶风，芦花飞入稻花丛。枝果硕，角菱红。山歌彻与风音重。

冬声

年岁听随爆竹更。野田驮雪动春声。起羊宴，闹花灯。龙狮一舞沸凰城。

七绝·双凤莲韵

陈　晨

去年寻迹遇芙蓉，千亩田田出水中。
今看红花依旧艳，初心无改向清风。

忆江南·荷花

邱根生

江南好，又赏玉环娇。碧叶屋前迎盛夏，红花塘畔展风骚。仙境任逍遥。

忆江南·勤力临水居

邱根生

江南好，乡间有民轩。水中八仙迎远客，岸边风景胜桃源。烟雨动心弦。

七绝·群力村民居

龚道明

重东曲径喜通幽，万绿丛中隐小楼。
不是村居情别有，安能游客数回头。

七绝·庆丰村丰产方

龚道明

平田沃土彩旗扬，沟陌纵横好种粮。
想到丰收涎欲滴，麦株摇出白馒香。

七绝·凤中村物业

龚道明

村落东濒盐铁塘，多年物业建辉煌。
文明富裕双丰硕，福地飞翔新凤凰。

七绝·新湖村大棚

龚道明

大棚蔬菜连云际，千亩农田高效区。
村级经营蓬勃发，华楼列阵是新居。

七绝·凤林丰产方

宋宝麟

绿茵机播天连水，燕子低飞镜里斜。

万亩良田谁最累，秋来算账笑声夸。

渔歌子·勤力掠影三首

郭学平

千亩荷影
雨后莲田送清凉。出浴娇娘媚河塘。

花潮涌，碧云长。满池漾影泛诗香。

民宿醉月
绿树繁花引蝶忙。闲居农舍自安祥。

听鸟语，品芬芳。弃俗云游醉他乡。

塑囤养鱼
进屋犹如到河边。喜看鱼虾水中欢。

泵浅唱，水轻吟。塑囤养殖话丰年。

七律·庆丰行二首

郭学平

庆丰村初夏

良田百顷映朝阳，渠堑纵横阡陌长。

浅水绿针含嫩气，轻风青霭送幽香。

引来白鹭千团雪，收得丰年万担粮。

待到秋晖高照日，连天稻浪泛金光。

庆丰村秋色

满目金风起浪波，珍禾万亩羡鸿多。

寻思即景成诗句，逐把丰田比玉珂。

一粒口粮担日月，半渠碧水系江河。

端牢饭碗安天下，收揽春秋共浩歌。

七绝·急诊双凤医院

郭学平

天使亭亭敬业深，望闻问切响清音。

眼前犹见白莲影，独向泓澄映素心。

七绝·乡村漫步

郭学平

嫩芽百草柳枝扬，陌岭蜂蝶伴舞香。
桃杏春来先染色，一片花海艳成妆。

七绝·游勤力村

汪德符

六月荷塘一雨新，碧波红粉望无垠。
亭桥九曲琼楼外，更有时鲜水八珍。

七绝·庆丰村夏种

鲍群慧

炎炎三夏插秧忙，白鹭低回仰水光。
高速农机能手配，疫期募训有新方。

五律·再访荷塘

鲍群慧

轻车勤力去，循步入郊歧。
柳岸清风起，荷塘雨露滋。
翠盘羞照日，红藕喜争姿。
亭转花深处，云闲意自迟。

七绝·惠民菜园

鲍群慧

大棚林立人居杂，整治规划绿菜园。

一亩三分当季种，景观小品乐晨昏。

七律·双凤勤力村新貌

鲍群慧

农耕不厌水淹畦，特色乡村看凤西。

滑嫩莼汤似膏蟹，醇干荸荠胜秋梨。

菱花结实鱼虾跃，菡萏红酣白鹭栖。

溯古琢今拓文旅，共同富裕众心齐。

七律·以路为弦

黄莉英

秋风乍过城隍庙，小巷已知羊肉香。
以路为弦弹乐曲，串珠成链美村庄。
闻名景点迎游客，绿意新樟醉故乡。
传统龙狮文化展，春盈彩凤碧空翔。

七律·一品街上

黄莉英

一望坊楼气势雄，红灯高挂品牌丰。
方知羊肉鲜香味，又醉爊鸡绝妙风。
带动旅游臻百业，振兴实体创头功。
民生福祉前程广，商客连绵笑意融。

七律·别墅琼楼映盛秋

黄莉英

康庄大道竞风流，别墅琼楼映盛秋。

硕果香甜情待友，鲜花艳丽客来游。

金黄一片翻波浪，翠绿几排入眼眸。

此景只应天上有，仙乡如是自悠悠。

七律·福田

鲍善安

粮田万亩庆丰方，点缀风车异域房。

自古皇家漕运地，今朝国库储备仓。

禾描玉鸟求洪福，路设高台拜吉祥。

农业观光双凤里，繁华富庶美名扬。

七绝·蔬菜大棚

鲍善安

大棚种菜探新奇，植物根培营养基。
浇水施肥光管控，手机万里事皆知。

七绝·岸边花

鲍善安

采风双凤竞相邀，菖蒲塘边艳态娇。
再力花心抽紫蕊，天然就数美人蕉。

七绝·人工孵虾

鲍善安

已非传统养鱼塘，培育虾苗建厂房。
引入高科新技术，河鲜水产出西乡。

七绝·观庆丰村彩稻田

顾雪明

不见耕牛不见耙，秧机水里画青花。
乡间浪漫真颜色，顶上蓝天地上霞。

七绝 · 康居特色旅游

王士英

千亩荷塘绿映红，三农生态业兴隆。
鱼虾菱藕瓜蔬果，羡煞游人物产丰。

七绝 · 荷塘丰产勤力村

王士英

平畴水网万家新，植藕栽莲勤力人。
一扫西乡地贫瘠，丰收特产品无伦。
红花翠叶连天碧，白鹭鲜蔬沃土珍。
画卷百年呈锦绣，盛秋更伴月圆纯。

七绝·仲夏观荷

张 湧

清塘碧水赛田林，粉朵新芬雪藕深。
诗咏激昂名士酒，事关丰歉老农心。

七绝·次韵公子仲夏观荷

黄 匡

万株翠宝水乡林，一朵新红掩面深。
岂有诗人无问酒，人间忧乐自关心。

形胜名镇

七律·古镇拾遗

郭学平

曾寻古道探西楼，隐隐烟村次第收。
数曲长街殊叠韵，十桥旧景各存幽。
维新遗址通千古，双凤传奇达九洲。
最是今开追梦业，关山万里启新猷。

五律·凤林踏秋

陆淑萍

郊阡极目遐，秋色悦清嘉。
云寄空明雁，篱依月朵花。
阳畦铺库锦，嘉木绝尘沙。
似见离朱袅，依依共落霞。

七律 · 古渡夕拾

钱永泉

极目烟波水浸天，苍民讨海泛涛巅。

惊春津鼓霞千里，向晚渔歌日半边。

龙舞云开迷去雁，凤鸣潮起伴归船。

江东邑聚星光灿，岁月风来媚百川。

五古 · 双凤市河

陆淑萍

几度春风意，长河岁月遥。

寒晶落凤藻，风物立高标。

屋绕龙孙竹，门开江海潮。

向桃源叙梦，学跬步过桥。

一棹霞光溅，吴歌唱九霄。

七绝·老街

葛为平

谁人坐此不看桥，鬻凤骧龙两市梢。
春上吴娘禾担过，东风无力柳无腰。

浣溪沙·双凤行

陆淑萍

遂意行来六月初，此方膏土自如如。凤飞灵秀与人殊。
千顷琉璃堆菡萏，一川风月佩琨瑜。今生无梦到蓬壶。

七律·双凤人家

钱永泉

柳碧川湄水浸花，莲池画阁接田家。

窥春鸟语催红雨，映日村烟泛紫霞。

凤曲怀乡桥上醉，蟾辉把酒梦中赊。

耕夫未暇栽陶菊，闲伴蛙鸣意自遐。

五古·维新村新石器遗址

张 湧

维新存遗址，远溯追良渚。

先民食无烹，老幼居无所。

草木以为餐，毛血以为茹。

刀耕因石骨，火种肥稷黍。

斯是太仓根，薪柴传明炬。

千代肇文明，万年筑基础。

生息皆汗青，亦有尔与汝。

七绝·伯勋桥

邵秀华

尔独何辜少横梁，迥临村路写沧桑。

伯勋桥下清波绿，水润粮丰奔小康。

五古·走访维新村

邵秀华

梅雨霭芳原，萍踪维新村。

追溯良渚史，悉知太仓根。

远古苦无持，黎庶少腥荤。

石骨启灵火，刀锄勤耕耘。

贫俭诚所尚，劳作起晨昏。

日出雾露馀，百里草木春。

文明至此始，生息得以恒。

盘古天地变，陌上万象新。

七绝·双凤寺

方耀堂

千年古刹飞双凤，净水长塘涤俗尘。
暮鼓晨钟禳福地，金光普佑太仓人。

七绝·参观维新遗址

黄　匡

一页掀开见我根，水乡江左出奇珍。
先民汗洒东风里，飞凤双双绘彩真。

七绝·题维新遗址

程永彬

闻道娄乡步小康，砂堤穿越溯洪荒。

果然静好若花灿，有脚阳春凤与凰。

注：明代汤显祖著《牡丹亭》第八出《劝农》有句："阳春有脚，经过百姓人家。"

七绝·维新遗址

朱保平

先民智择维新地，耕牧渔樵乐易恬。

吾辈寻踪今日看，纹陶红土赤炎炎。

七绝·文明之根

子 愚

久闻遗址五千年，石器红陶自祖先。
破解维新村古史，才知根在此禾田。

长相思·观维新遗址

黄稼英

竹窈悠，菊窈悠。砂砾堆中有越瓯，枯丛见骨矛。
岁清幽，月清幽。七海香花泯夙仇，更看津渡头。

七绝·维新遗址

邱根生

吹尽长江万古风，土层陶片迹残红。
且看海陆沧桑变，始觉先民大不同。

七绝·维新遗址二首

龚道明

其一

金仓何处去寻根，掘出维新太古村。
君到凤林宜细步，一砖一石史留痕。

其二

屈指娄东文脉时，凤林不愧是偏师。
四千余载风兼雨，孕育沧江万首诗。

七绝·玉皇阁

龚道明

道院千年音广开，悟空过后建文来。

一双半里争头席，李杜今朝诗满怀。

七绝·双凤维新

宋宝麟

千秋良渚维新耀，古国文明陶艺妍。

岁月留痕谁烙下，游人总想把根牵。

七律·梅花奖得主汪世瑜

汪德符

顽童陪考露峥嵘，浓字从师念白清。
一折琴挑登主角，三收弟子享誉名。
戏真词婉喉倾怨，曲妙身盈扇诉情。
许是梦梅梅入梦，梅花座上众皆惊。

七律·维新遗址

鲍群慧

松篁叠翠云旌动，展馆幽回远古天。
石器印陶纹巧朴，神人兽面法无边。
依山傍水结村郭，渔猎农耕辟野田。
废础遗台今何在，空余落照向流年。

七律·玉皇阁

鲍群慧

普福凌霄凝妙始，千年历劫几衰荣。

碧波桥畔仙音绕，玉阁尊前祷念诚。

翘角巍峨冲极顶，重檐斗拱郁峥嵘。

慈航甘露渡飘溺，安佑群生愿海行。

七律·维新遗址

钱永泉

潮吞边堠化墟烟，沙涨关河海变田。

雨洗荒丘栖隐迹，尘埋旧垒渺云天。

维新遗址平川起，太古孤城巨石悬。

逝水逐波桑梓地，流光蚀岸一根连。

七律·晚过上冈桥

钱永泉

流霞带郭坠烟波，十里乡园夕照和。

稻黍迎风鸥泛梗，蒹葭映绮蝶飞荷。

沿堤客舫江声迥，近水人家古意多。

碧野凝香天籁静，闲云晚度送吴歌。

七律·古冈寻踪

钱永泉

日转东垠万载秋，连天碧野濯清流。

鸥来柳岸怀乡邑，人语沙汀恋故丘。

吴越园池村巷静，晋唐楼阁寺门幽。

烟萝冈上浦风急，惯看家山梦未收。

七绝·双凤寺

鲍善安

千年龟化凤双鸣，晋代高僧寺庙成。
盐铁塘东新刹矗，晨钟暮鼓吉祥声。

七绝·道教音乐

鲍善安

玉灵殿上步虚声，云板清悠短笛横。
道教仙音枝散叶，江南丝竹太仓赓。

七律·几何图形的遐想

鲍善安

灰陶碎片观图形，遥想先民制罐瓶。
蒲草编筐成样式，粘泥护壁变模型。
无心烈火烧长久，有器煲麋煮不停。
汲水浇苗多趁手，残纹犹在述曾经。

遗风古韵

七绝·诗译双凤山歌二十首

龚道明

山歌

芝麻一把撒青天，双凤山歌万万千。

唱罢南京北京去，归来还唱二三年。

知音

山歌好唱口难开，苦辣酸甜拥满怀。

不是铜钿能买到，知音等候隔河来。

照镜

东南风起室门开，吹到姑娘花粉台。

台上青铜圆作镜，一人照出二人来。

汗巾

雪白汗巾三尺长，端盘井水放中央。

水清映出桃花面，千里伊人快返乡。

看花

日落西山九道弯，谁家院内种牡丹。

牡丹秀出围墙上，容易看花欲采难。

劝哥

月亮圆圆照小河，房中妹妹劝哥哥。

从今不再赌铜钿，与我连肩好对歌。

接绩

绩桶圆圆四角方，阿婆昔日嫁时妆。

瓦盆舀满吴塘水，花样姑娘接绩忙。

莳秧

莳秧要唱莳秧歌，两脚弯弯水里拖。

六棵一行风雨续，秋来锅里米香多。

摇船

一路摇来一路望，沿河两岸好风光。

春天麦叶油油绿，秋到江南稻谷香。

踏水

东方日出罩红纱，姑嫂双双去踏车。

脚下犹如龙吐水，汗流双颊笑开花。

打夯

赤膊光头汗似泉，声声号子响云天。

东西南北齐平实，基础打牢牢万年。

种田

耕地日光犹未开，莳秧忙到月盈怀。

王侯将相口中食，尽是农田泥里来。

土布

正月梅花心里黄，细纱白布出金仓。

盈门商贾齐夸好，船运频销到沪杭。

问天

手托黄连欲问天，门前花树想联翩。

花开花谢年年有，年老缘何难少年。

远归

遥望烟囱未出烟，今朝媳妇过周年。

推门一见伤心哭，父母昏瘫灶脚边。

学裁缝

姑娘从小学裁缝，暮暮朝朝苦用功。

未觉荷花香淡淡，不知飞雪落梅红。

新媳妇

楝树开花紫向天，进门媳妇苦黄连。

青秧拔罢锄田草，做饭回家忙灶边。

长工苦

日出东方一点红，耕田割草又栽葱。

腰酸背痛才揩汗，大骂长工是懒虫。

划龙船

栀子花开心里香，龙旗龙伞满船装。

一声奋桨冲波去，划出凤林朝太仓。

舞龙狮

左滚右翻天地开，欢声引得万人来。

农工商学家乡好，我舞龙狮乐也哉。

七律·双凤医院中医馆

子　愚

骨相寒酸各自尊，大医天下照灵魂。

扶危辨悟五行事，把脉追寻百病根。

针罐运筹收疾痛，药方落笔尽仁恩。

守神唤得春风起，柳暗花明露有痕。

七绝·海外归来食羊肉面

张　湧

看罢西天霞色壮，归来依旧沐娄风。
精心一面倾心品，不负浮沉雅俗中。

七绝·羊肉面

黄　匡

杏花春雨到江南，大面肥羊入口甘。
车水无穷龙马列，人头难辨女和男。

七绝·双凤龙狮

子 愚

双凤龙狮享盛名，一腔王气足倾城。
不知哪处人前舞，梦里遥闻喝彩声。

七绝·双凤羊肉街

子 愚

从前船过十条桥，水岸迷人荡柳娇。
今见商家临大道，遥闻羊肉酒香飘。

五律·双凤麻将蛋

葛为平

言莫弹丸小，儿时口里香。

玲珑生果脆，琥珀滚糖霜。

味绝声名远，情深旅梦长。

今来梧树下，茶伴话沧桑。

七律·双凤山歌

葛为平

一起山歌万籁生，飞迷燕子诧流莺。

吴腔自是阳春雪，俚语皆缘故里情。

绿竹篱撑西市雨，蔷薇花落后艄棚。

虽无李白蓬莱句，却比宣州小谢清。

注：李白有诗云："蓬莱文章建安骨，中间小谢又清发。"

七绝·双凤美食街

葛为平

朱楼紫陌绿栅栏，沽酒烹羊起凤鸾。

行此东坡惊半晌，醉来李白写长安。

七律·双凤山歌

邱根生

三吴一脉曲悠长，隔岸山歌记忆墙。

化育风威非遗进，宏图世韵传承扬。

娱情得以翻新卷，陶性怡然伴故乡。

欲问淳音何处觅，千年福地迎朝阳。

七绝·龙狮馆

龚道明

水晶宫里四龙狂，狮子山头乐兽王。
提笔千言凝七字，凤林有艺压金仓。

浣溪沙·双凤美食街

陆淑萍

负手新街第几条，玲珑小镇看今朝。全羊宴席客如潮。
慢品人间烟火色，闲观花面柳蜂腰。慕名何患路遥遥。

七绝·双凤羊肉面

陆淑萍

一碗盛来满屋春，葱花翡翠口生茵。
丝丝韭叶滋肠胃，些些兰椒点绛唇。

七绝·龙狮珍馆

宋宝麟

龙腾双凤祥云起，狮舞维新驾雾来。
珍馆匠心夸独具，方知灵气有高才。

七绝·双凤羊肉面

宋宝麟

西风劲起奔双凤，何事车龙日日来。
一碗红汤羊肉面，百年魅力上高台。

七律·羊肉一条街

郭学平

日落寒林鸟渐归，新街灯火尚初辉。
群群食客相乘至，个个亲朋屡复围。
莫讶甘餐多爆满，只因美味特珍肥。
冬临绕郭品鲜处，最是全羊宴显威。

七绝·龙狮馆赞

汪德符

狮跃龙腾喜庆隆，形奇艺湛鬼神工。
非遗文脉传帮带，一抹浓浓中国红。

七绝·羊肉面

汪德符

皮酥汤热味香鲜，冬令滋补传百年。
双凤满街羊肉面，引来游客接连绵。

七绝·狮舞

鲍群慧

日照狮乡喜气融，笙箫鼓瑟鸟鸣凤。
谁持彩练当街舞，跳转欢腾庆岁丰。

七律·龙狮之乡

钱永泉

十里街衢凤起端，粉墙黛瓦古风阑。
龙腾福地星河灿，狮舞江天鼓乐欢。
新作弦歌萦翠袖，与同宾客倚雕栏。
千年一枕乡园梦，水郭烟村映日丹。

七绝·双凤山歌

鲍善安

双凤山歌代代传，摇船踏水把情牵。
莳秧接绩知心客，文学民间出彩篇。

七绝·糟鱼干

鲍善安

汉字单羊不叫鲜，垂涎欲滴合鱼边。
糟油又独娄城有，在此三方味聚全。

七律·参观双凤龙狮馆

鲍善安

丙申岁末约同行，七座房车喜欲狂。

福地访寻双凤镇，欢天探看共湖乡。

维和海外扬威武，奥运京华显盛昌。

世博梨园商典庆，龙狮就数国良强。

师长旧吟

七绝·双凤

崔　护（苏州市书画研究会原副会长）

云中五色凤双翔，幻迹普传石函藏。
若说本会萧史事，佛仙今日亦荒唐。

注：原作刊《太仓杂事诗集》。

七绝·太仓之根

葛天民（沧江吟社原社长）

太仓之根何处寻，维新遗址良渚文。
新兴科技指明路，马桥文化下一层。

排律·水乡采风

葛天民（沧江吟社原社长）

沧江五老泛舟游，两岸风光放眼收。

四野红楼农村富，到处河塘水产稠。

轻风荡漾禾欢跃，静水无波鸭戏泅。

碧波塘里藏金鲤，青草溪边卧水牛。

翠竹森森迎鸟宿，金花簇簇引蜂留，

喜听民歌人欲醉，水乡无尘环境幽。

弃舟登岸去家访，天南地北随口溜。

老人喜谈丰收乐，青壮着重副业筹。

鱼蟹满塘钱常有，五谷丰登食无忧。

闲来喜看家禽舞，耕作爱听铁牛啾。

场角摘来新豆角，河边掘得马兰头。

塘鱼咸蛋老白酒，合家团聚乐悠悠。

人说城市多潇洒，我讲农村亦风流。

听罢老农一席话，羞愧难言更无求。

知足常乐便是福，愿作平民不羡侯。

谢别主人得教益，俚词纪实在归舟。

注：五老系沧江吟社陆希言、陆槐青、葛天民、杨万俱、胡绳祁，年皆古稀，泛舟双凤新湖水乡采风，在归舟中纪实。

七律·凤的家乡

曹　浩（沧江吟社原社长）

千年古镇呈新貌，凤的家乡展翅翔。

良渚维新寻祖地，龙腾狮舞耀今乡。

新街一品全羊宴，古刹重光两教昌。

勤力休闲生态美，水乡文化谱新章。

沁园春·双凤赞歌

夏受乾（苏州市诗词协会原理事、沧江吟社原副社长）

物阜芳汀，达识沧桑，拱卫弇城。秉惠安遗脉，丽天风貌。维新故址，福地传承。起舞长龙，翩跹双凤，高吼雄狮金石声。杨林水，伴浏河戚浦，浪澈波澄。

凝眸古埠重生，喜经贸腾飞百业兴。看新区初展，乡村并举。品牌传统，遐迩闻名。闹市丰殷，丛林祥瑞，织绮编霞春意萌。鸿图远，举金樽欢祝，四化鹏程。

七律·瞻仰古寺

马兴汉（沧江吟社原副社长）

阳光普照古招提，袅袅香烟金碧姿。

佛相庄严无大小，塔身耸峻有高低。

风铃阵阵惊贤达，梵呗声声点误迷。

口吐莲花证三世，荣华富贵等尘泥。

七律·品羊戏作

马兴汉（沧江吟社原副社长）

寒风卷地百车驰，双凤品羊当是时。

沥血呕心踝脚瘦，脑肝涂地肚肠肥。

识珠慧眼推心腹，帖耳低头掉尾垂。

酒肉穿肠沾福气，红光满面不求医。

七律 · 旧地重游

马兴汉（沧江吟社原副社长）

悠游故地忆如潮，五十八年今昔聊。
堤决田荒水没膝，垣残壁断风卷茅。
龙腾狮醒民为主，广厦琼楼凤落巢。
戚浦吴塘新文化，重光良渚数英豪。

西江月 · 双凤福地美食节

徐善海（沧江吟社原秘书长）

美味千人宴盛，肥羊一品情浓，千年古寺玉皇宫，良渚先民根重。
福地文化双凤，中华民俗狮龙，创新和谐更娄东，同谱赞歌齐颂。

七绝·千年灵秀

魏丽霞（沧江吟社原秘书长）

福地洞天名久扬，粉墙黛瓦碧波旁。
千年蕴育多灵秀，璀璨明珠鱼米乡。

五绝·龙腾凤舞

张诚一（沧江吟社原秘书长）

东海腾龙起，福乡双凤飞。
傲霜梅萼绽，美食正羊肥。

七绝·双凤腾飞

谷　洪（沧江吟社原理事）

佛寺巍峨道观幽，龙狮盛誉满神州。
喜看展翅金双凤，福地腾飞夙愿酬。

七绝·羊肉飘香

谷　洪（沧江吟社原理事）

百年老店日辉煌，技艺传承誉远扬。
美食新街品羊宴，江南一绝齿留香。

七绝·狮龙之乡

谢根奋（沧江吟社社员）

民间工艺技高强，巧作雄狮得奖章。
扎出龙灯长四里，北京奥运去翱翔。

捣练子·美食之乡

毛锦葵（沧江吟社社员）

羊肉宴，草鸡汤，酱鸭爊鸡美食乡，福地筑巢迎上客，佳肴未品已闻香。

七绝·传统技术

王士元（沧江吟社社员）

福地通天客满楼，喷香羊肉口涎流。
酥而不烂无膻味，传统加工百载留。

赏荷雅集

◎ 苏州市区编

小暑后三日双凤赏荷雅集二首

周　秦

其一

惊天一夕雷，倒转做黄梅。

雨注鱼塘满，风摇莲叶开。

搴舟泛香海，啸咏上亭台。

云影花光里，与君倾此杯。

其二

散发归农去，莲村偶驻车。

田田三百亩，尽是我家花。

清气涵心宇，暗香沉水涯。

萧骚梅雨歇，谁浣苎罗纱？

咏荷颂廉

王维晋

荷不争春品自高，出泥未染暑天熬。

育莲伴藕秋冬老，总把心潮汇碧涛。

荷咏 （外二首）

萧宜美

荣生枯死度如常，何虑人间热与凉。

叠翠一方藏水韵，盘根万里聚天香。

薰风玉立悠思静，骤雨珠圆唱和忙。

不负污泥恩似海，年年竞艳惹诗章。

双凤勤力荷塘诗记

不负污泥万丈根，悠然出水绿飘云。

蛙鸣蝶影村塘阔，婀娜千秋竞郁纷。

双凤勤力村赏荷有寄

清风热浪各张扬，客自车流村道忙。

双凤回眸留古韵，八仙出水送新香。

低垂莲实千重伞，远去花潮万户窗。

不意山歌飞几曲，江南深处独来腔。

新荷叶·太仓双凤赏荷（外二首）

闵凡军

星落莲塘，幽香浸润罗衿。水榭亭轩，雕窗送目遥岑。微风曳翠，更沉醉、绿绮兰琴。芳洲鸥鹭，翩跹舞伴仙音。

犹记儿时，扁舟一叶湖心。碧伞遮阳，几枚香蕊新簪。春风桃李，四十年、发白纹深。红莲依旧，清廉自古而今。

咏荷

淤泥孕玉身，绰约亮凡尘。

不似雄红贵，清廉吾做神。

咏双色并蒂莲

根并荷花一茎香，红黄白紫竞芬芳。

灵台一旦无枷锁，艺苑千花尽彩章。

勤力村百亩荷塘（外一首）

谢庆琳

摇波绿影接天风，晓月当帘勤力功。
万艳无心清到骨，一支开出百年红。

题小鸟荷香图
盖帷掀起好奇心，鼓瑟嘉宾今又临。
小羽怜它丰未满，撑来一片绿林阴。

瑞鹧鸪（惜莲花）·赏荷（外二首）

包翠玲

绿塘摇滟舞仙姝。涵露盈盈入画图。吴女棹歌飞雅苑，洛妃微步醉平湖。

芳心叶底相思扣，雪骨泥中抱朴初。菱蔓藕花香十里，倚亭临水醉莲姑。

荷塘月色

多情月色拂荷塘，十里波平云锦长。

剪段时光轻作梦，芙蓉千顷醉江乡。

鹧鸪天·太仓双凤镇勤力村千亩荷塘赏荷

点点红香好赋诗，芙蓉婉转惹情痴。荷风淡淡裁云色，心雨酥酥润墨池。

吟柳岸，醉濂溪，芳魂脉脉叹谁知？人间有笔当难画，天上琼瑶玉露姿。

咏莲（廉）（外一首）

张　苏

莲田百亩丰，映日碧天穷。

抱素琼裾展，怀虚雪窍通。

浅深终合度，舒卷岂随风。

德泽清辉远，馨香正气崇。

荷风箫韵二首

其一

水佩风裳簟枕凉，瑶台午梦正初长。

谁家玉管闲飞度，唤起秦娥试晚妆。

其二

翠盖红裳雨后凉，凝香浥露洗明妆。

青箫试引鸾台曲，隐约秋声绕浦塘。

随寸心师双凤赏莲（外一首）

冷桂军

恩师嘱我作莲诗，不善歌吟凑片词。

年去岁来莲若此，岁来年去共花时。

双凤观荷

青蛙伏叶鱼凫水，蜂蝶翩翩吮嫩苞。

谁解夏风怜顾意，轻吹荷瓣落苍凹。

咏荷（外一首）

柳 琰

婷婷袅袅翠平芜，蛙鼓蝉鸣兴未孤。

裙舞妆前试风月，伞擎雨后戏玑珠。

碧波欲借娇柔洗，泥壤何妨玉质殊。

浅笑嫣然明镜里，素心自在对荣枯。

咏荷二首

其一

仙袂红裙舞碧波，污泥未染若姮娥。

玉蕾出水如词笔，欲道人间清气歌。

其二

蛙鼓蝉鸣伴小池，素衣玉蕊守涟漪。

嫣然独立清波里，尘世难寻明艳姿。

鹧鸪天·荷花三首

刘清天

其一

托身何惜践青泥，一朝出水恰相宜。沮淤百日微茫处，拥翠中央潋滟湄。

怜此味，意如痴。平湖碧玉托瑶卮。烟霞更约兰朋近，莲子清甘念在兹。

其二

池作营盘绿作旌，蛙为鼓手鹭为盟。托栖十万泥涂界，报答逍遥境象灵。

知鱼趣，近船声，夜风吹赠几星星。大千多少奔波客，对此尘鞍且暂停。

其三

我着青衫卿盛妆，一依清水一行囊。卿留色相烟波近，我择荧光黑夜长。

相顾影，试扶将。拈花欲嗅笑参商。倩风吹奏湘妃曲，安慰离人鬓上霜。

◎ 吴江编

双凤赏荷雅集二首（外三首）

朱永兴

其一

雅集娄东兴味长，驾风百里入荷乡。

时逢万朵芙蓉绽，饱赏千帧图画张。

叶碧深深尤洁净，苞红绰绰不夸扬。

诗人欲撷孤清韵，一径栈桥衣袭香。

其二

娄东六月写云蓝，吴下骚人清境探。

陌上赏荷蛙语接，堤边留影碧天涵。

坐听歌韵堂中逸，誉叹莲风笔底酣。

最是诗情吟不断，昆腔几曲动江南。

咏勤力莲

清芬勤力万枝莲，向日竞开分外妍。

满眼舒红情切切，接天拥翠叶田田。

芳姿尚把幽馨撒，高韵常将魂梦牵。

不媚不妖仙气远，丹心一片谱廉篇。

荷之歌四首

颂荷

几经挣扎出污泥，心向光明翠绿时。

冲破阴层艳阳日，洁身临水最相宜。

吟荷

碧泛湖光映日红，姿柔身正立波中。

欲寻清静修心处，最是荷池六月风。

赞荷

人赞真君是碧荷，我夸高韵入银河。

一塘苍翠清风曲，谱出铿锵廉洁歌。

咏荷

经风沐雨顶骄阳，玉洁冰清泛丽光。

原故根深土三尺，才萦荷韵满池香。

咏荷二章

其一

撑红滴翠出泥中，不染微尘向碧空。

杆杆浩然抒瀚气，田田仰止逸清风。

素颜堪与它花异，高韵犹如君子同。

一自周公词赋爱，九州民宦共钦崇。

其二

姿影婷婷六月荷，满塘葱翠意良多。

高扬杆杆青莲笔，畅写章章廉洁歌。

暑溽有芳亲白鹭，秋来无悔傲苍波。

栉风沐雨一生短，孤韵悠悠入九河。

题荷花（外一首）

汝悦来

淡泊从容岂偶然，平生喜读爱莲篇。

池心风动传清逸，湖上雨停映碧涟。

不媚不妖花簇簇，随分随聚叶田田。

青藤腕底钟灵秀，看尽淋漓解味鲜。

太仓双凤观荷口占一律

汁绿泼翻粉带红，丹青如此费天工。

临风见色香弥远，隔水闻香色不空。

白鹭惊飞诗脱口，碧亭闲坐眼舒瞳。

未敢迟留频自顾，恐多俗气染荷蓬。

看勤力村荷花

倪惠芳

梅雨新晴后，中洲婉转香。

连云浮叶绿，结水绮罗凉。

千亩红尘近，烟村逸调长。

本根原是玉，不必濯沧浪。

采莲令·小暑勤力村赏荷

沈月华

　　绕村庄，塘内荷多许？风爽、此时心抒。步移远密处寻芳，万朵消炎暑。千娇韵，盈盈玉立，中通外直，醉芳菲忍回顾。

　　阵雨飘来，弹跳雀跃罗裙舞。清凉处，燥烦皆吐。待红妆落，独自恨，默默莲心苦。任秋染色，污泥培藕，隐隐作清歌赋。

新荷叶·咏荷 （外二首）

王健男

　　翠叶田田，薰风拂动清涟。垂柳依依，仙乡隐隐如烟。娉婷菡萏，任水摇、鹤舞翩翩。莲间嬉戏，游鱼南北悠闲。

　　十顷琉璃，芳菲浸染诗篇。一片冰心，清风两袖朝天。赏荷雅集，似兰亭、列序新编。馨香源远，初心不改尊前。

荷花媚·赏莲

　　江湾芰荷碧。娄城阙。尽显风流标格。芳姿冰雪貌，风娇照影，恰嫣红皓白。

　　抬眼望，流水潺潺急。有盟鸥絮语，心知休戚。清香远，中通直。瑶池寻梦，谨记伊颜色。

浪淘沙·赏荷

　　玉立水中央。点点红妆。薰风拂起送幽香。更有白鸥飞碧海，曼舞轻扬。

　　沉醉五云乡。勿笑疏狂。兰亭雅集水流长。弄墨且题烟渚上，留与斜阳。

太仓赏荷雅集（外一首）

吴建刚

花姿自有沉鱼态，照影佳人着意开。
但愿箫声能醉月，清音一曲绕莲台。

赏荷

九天仙子下凡尘，倩影临波驻此身。
池上风清香气远，格高无意去争春。

雅集二首

陈克足

其一

廊香九曲亭风爽，夏日乡间别样新，
映碧莲池观自醉，着花笑我最痴人。

其二

日映佳人澄碧伞，红装掇饰为谁家。
不辞旧约来相见，寄语芳香醉秀华。

谢春池·忆随父初识清荷（外一首）

杨卫锋

　　过雨桥西，如是绛烟相袅。影千重，参差又到。频言识得，那花红含笑。绿罗衣，踏波争俏。

　　平湖不让，再拾曾经花小。恨林蝉，声声唤老。清风借约，向堂前吹晓。似当年，一壶昆调。

荷二首

其一

夜净西楼一缕纱，难邀青女共清茶。

风来独见池中绿，堪把新荷作桂花。

其二

风来又遇半荷荫，翠叶如初水印林。

旧梦无痕皆过影，浅舟不渡夜蝉心。

见荷喜咏（新韵）

浦仲诚

数谷只生一水美，婷婷伞下藏红萍。

濯清涟起妖不染，唯夏君随叹长情。

东麓拂凉掀绿浪，西山闻韵揽芙蓉。

落霞映雪新盘碧，墨客诗人尽和咏。

清平乐·双凤赏荷

王建华

风动莲浦。飘漾田田语。曲岸新晴飞霞缕。更有翩翩鸥侣。

亭阁约啭山歌。菡萏秀逸清波。欲问洛神何处？红妆盖了仓河。

咏莲

陈烨文

镜水澄波碧，人来月色明。

破风摇素影，擎盖结诗盟。

不受淤泥染，还持玉质清。

守心何处是，得意有其名。

题双凤荷塘（外一首）

赵 琦

蓝天浮碧水，风淡有还无。

鱼戏花飞落，蛙鸣叶滚珠。

千池香自远，并蒂色尤殊。

留取一行鹭，归来入画图。

题双凤勤力村荷田

雨洗荷田翠色新，花开红白不沾尘。

千枝万朵游人醉，胜似桃源未识秦。

满庭芳·咏白莲（外一首）

陈正平

雪缀瑶池，云浮镜水，凌波倩影娉婷。冷香凝动，珠露滴新晴。翠叶含情顾盼，莲舟逐、笑语盈盈。波心俏，轻移莲步，梦幻展银屏。

出泥尘不染，冰清玉洁，情溢心宁。染碧波，莲花瓣瓣晶莹。双凤有缘雅聚，琴瑟弄，明月风清。濂溪有，莲章吟诵，骚客竞峥嵘。

临江仙·雨中清荷

消暑清风细雨，芙蓉吐蕊心牵。迎风摇曳惹人怜。眼前浮倩影，笔底靓诗篇。

珠露晶莹叶翠，清馨飘逸花妍。江南烟雨润心田。时光千载好，逐梦水云间。

卜算子·辛丑夏日咏荷雅集

金 花

梅雨落荷田，又见新莲窈。碧浪清风佳客来，极目烟波渺。
谈笑棹歌中，却把蛙声闹。几许吟情客忘归，可借江南老？

荷叶杯

单春华

双凤赏荷雅集，因故未能参与，老师命赋此三解，以为作业，并以就教与会吟友。

其一

净引碧云归路。晴暮。滟天香。绿房红粉殢秋夜。吹下。汉宫凉。

其二

醉缬浮潢双凤。壶梦。翠霭浸香尘。凌波欲下月纷纷。津叠津。津叠津。

其三

片夜听空残月。愁别。烟雨老凌波。绿房银浦梦寒多。信棹只轻过。

双凤更辞春去。何处。驻酒已难寻。翠云怜我访冰心。丝缕淡凉襟。

太仓双凤赏荷雅集绝句二首

俞建良

　　小暑时节，应太仓诗友葛为平会长之邀，参加双凤赏荷雅集。眼前荷花竞开，朵朵生动活泼，有趣可爱，犹如仙子下凡，可颂也。席间，有书画家即兴挥毫泼墨，亦有善歌舞山歌者，氛围浓厚。此乃真自然之回归。余有感而发，试作绝句二首记之。

赏荷

低田改造竟施红，翠袂相扶处处融。
灵雀含情频独语，荷风六月胜春风。

听荷

小暑雷声起，荷风送一壶。
文朋诗友聚，古韵唱红芙。

荷花

范兴荣

清波为镜淡梳妆，香远风吹夏日长。

雨溅飞珠承玉叶，雾笼微步舞霓裳。

瑶池宴罢群妃醉，夕照荷翻曲院凉。

夜晚月明花弄影，只疑仙女会檀郎。

注：（宋）白玉蟾《荷花诗》："小桥划水剪荷花，两岸西风晕晚霞。恍似瑶池初宴罢，万妃醉脸沁铅华。"

双凤赏荷雅集有感

许卫国

吴塘三百亩，避暑大荷田。

欲学娄东曲，先看凤北莲。

清谈无酒盏，雅集有诗篇。

梦里过萧寺，飞来白玉蝉。

题双凤咏荷雅集（外一首）

易水寒

仙子着新裳，姿容自裔皇。

清风摇丽影，碧水濯檀妆。

怜取三分白，欣闻一段香。

诗云才出岫，满座举觥觞。

咏双凤莲花

夏至江南雨满川，栀花才罢又红莲。

一茎独放游人醉，双萼并肩摄者怜。

净水润心生智慧，清流濯眼见云天。

忽窥仙子开妆镜，画取芳容作信笺。

莲池（外一首）

宋治洲

清新满眼碧莲池，风舞摇红醉玉姿。
纵是谪仙今在世，也应束手枉文辞。

咏白莲

溶溶月色水声潺，揽镜王孙照玉颜。
遑让何郎敷粉面，更多荀令暗香环。

莲（外一首）

顾建平

清风引我到横塘，不意衣衫一染香。
弦起涓涓谁领舞，那人宛在水中央。

寄友

李花开后杨花昨，明日荷花莲子落。
花讯年年会有期，可堪一别人成各。

咏荷

郭鸿森

藉得池塘作舞台，花中君子异凡胎。

骚人无数垂青眼，欲染诗香播九垓。

惜黄花·咏荷

朱梅香

穷池贫谷，在泥中曲。角尖尖，意纤纤，黛眉轻蹙。红日坦然迎，细雨随心浴。水静处，骨藏身宿。

红连香续，质清翠伏。一池池，玉婷婷，子丰花熟。怎料遇秋风，凋谢新荷绿。几个识，碧莲心郁。

荷塘偶记二则

蒋志坚

其一

曾闻云物助诗雄，特处荷边久立中。

惜未佳人来照眼，芙蓉笑我腹空空。

其二

菡萏飘香翠叶柔，无风水面亦清悠。

赏荷眷侣来如织，尽被愚翁一镜收。

【注】镜：此指眼镜。

荷

清　风

叶荫清凉夏，花开六月春。

荷香盈素手，赠我梦中人。

蝶恋花·寄心莲荷（外三首）

黄石波

水际云蒲仙气袅，霁雨荷家，菡萏烟纱罩。绿捧珠圆花露小，凌波亭立风含笑！

欲寄清流莲鲤钓，潋滟时光，任那鸠来扰。舒卷沉浮无间道，香魂不为纷尘恼！

卜算子·莲的心思

在水未央愁，对月琉光瘦。迟暮芳归幽然处，不共它花秀。

柳下照晴柔，莲静瑶池近，何事香风阑干边？忍顾凌波绉！

雷夜念荷

莫道雷声惊夜变，心中无怵自安然。

风狂电闪莲更艳，别致清香放眼前。

咏荷

暑气扬眉垂柳跕，热情似火鼓蛙田，

云间雷电无常道，静处亭林知了禅。

疏雨平池蒲玉净，香风莲藕美人鲜。

巾纶闲扇柔晴倦，日照浮萍分水湮。

鹊桥仙·荷塘

顾 嵘

　　月明如镜，清风拂水，坐对鱼池荷扇。几枝红玉闹新颜，浮波一缕香侵岸。

　　层层微漾，阵阵蛙鼓，听听不知夜半。身无闲事便乘凉，好叫谪仙来作伴。

题残荷（外三首）

赵红梅

菡萏红消香露减，愁风又起断人肠。

清流换作安魂曲，画角楼头一味凉。

题雨后红莲

微雨莲池香雾起，一丘一壑乐融融。

红腮半敛凝珠泪，去日知谁送御风。

卜算子·咏荷

百亩玉莲开，勤力香河枕。闻见弦歌踏浪来，邀醉江南饮。

千穗理朱旒，万翠擎盘锦。一朵钗头戴鬓边，又怕西施恨。

画堂春·雨荷

翠罗浮叠满塘鲜。芙蓉淡启香檀。暖风轻漾鹭啼欢。一栈盘桓。

云覆万千新雨，瑶池十里腾烟。素花有志不轻言，情洒人间。

夏至日赏莲

王玉荣

榴花似火已离枝，一望江南翠满池。
菡萏亭亭依水立，骚人擎伞觅新诗。

观大荷田咏勤力村党建引领（外三首）

葛为平

谁将旧地焕新颜，一样江村别样天。

为有八仙能过海，胸间万水举青莲。

芰荷香·千亩叶田田

见闻双凤勤力村以"水八仙"特色产业兴农，植荷千亩。经纶已久，庆泽未艾，欣然提笔。

绿无疆。恰芙蓉养眼，襟袂收香。让风吹过，惬意只为清凉。闲亭入野，不见得、另有天堂。袅袅那边吴娘。作裙影动，揉碎波光。

十里荷花凤池里，念此深白藕，彼岸红幢。乡农勤力，圆梦岂是黄粱。八仙识海，渡远去、历历辉煌。雨后霞落青房。蜻蜓一点，焕了霓裳。

西江月·咏莲于双凤勤力村大荷田

玉节捐生琼朵，彤心羽化青房。翻风连叶到天旁。深处红歌争唱。

梦里月光澹泊，妆前雨露清凉。精魂无染质无双。济了溪边来往。

西江月·感谢苏州一市五地诗人雅集双凤勤力村赏荷吟风

蕖色妍分才女,熏风汗夺贤郎。鸿儒骚客汇沧江,波面迎天一丈。
笔底神龙四合,歌间秦凤当央。闻香击节向莲旁,情共荷花浩荡。

参加姑苏诗友"咏荷吟风·双凤雅集"

郭学平

千亩荷田万朵霞，连天碧海接云涯。

呼朋引友添骚客，泼墨吟诗赋丽葩。

芜荟坳洼神韵起，芳姿玉影翠莲华。

创思自有如来策，无限风光尽可嘉。

秋波媚·荷塘畅想

龚道明

荷塘百亩绿云凝，对我笑窝倾。玉环吟酒，王嫱舞雪，万种风情。

何当借得乾坤袋，移向广寒庭。嫦娥料理，接天映日，宇内同馨。

 赏荷雅集……

151

阮郎归·凤乡荷畔吟新篇

曹　浩

红魂绿魄化无边。熏风香入弦。凤乡荷畔水生烟。琴声伴众贤。

更努力，劲加翻。新歌吟巨篇。百年贺喜着先鞭。复兴梦必圆。

勤力村百亩莲塘

子 愚

扬波娇影鹭初飞，摇曳泥荷出困围。

过眼塘前唯觉梦，放怀莲上不知归。

桃源未必声名远，泽畔何曾境界微。

但见拼将今胜昔，西乡一别景全非。

咏莲（外一首）

龚国澄

嫩碧连天漾，嫣红映日迷。

三千佳丽笑，一似在濂溪。

次韵周秦会长双凤赏荷雅集二首

其一

藕国响轻雷，谁知羡煞梅。

琼珠千影笑，粉靥一池开。

软语商明月，纤腰立镜台。

濂溪多逸韵，盛事快添杯。

其二

玉女私凡至，香云宝马车。

才溶千顷月，不喻六郎花。

茂叔思无际，青莲笔有涯？

一樽残照里，倩影透窗纱。

咏荷次韵钱永泉（外一首）

黄 匡

七女当先睡一池，迎风起舞展新姿。

子廉千粒似擎炬，扶露万珠看紫芝。

仙佛导来醒世药，尘凡脱去烦恼丝。

莲心一颗清如水，顿记童年荡桨时。

借王士英老师句口占二首

其一

花红叶翠肥，双凤赏荷回。

莲子清如水，诗情入梦飞。

其二

花红叶翠肥，诗画共莲归。

雅集借群力，人间歌凤飞。

鹧鸪天·咏荷

陆淑萍

一袭青衣绝代容，唐歌宋韵认前踪。凌波照影苎萝见，回雪凝香洛水逢。

持玉骨，秉玲珑，今年更比去年红。池亭小立人初醉，时有清凉不是风。

西江月·辛丑仲夏咏荷雅集

张 湧

曲岸广塘生气，小村新粉清奇。红涛碧海正当时，接地连天形势。
一派绝尘姿态，满怀经纬心丝。暖风冷雨任谁知，淡看闲听不说。

浣溪沙·观双凤勤力村百亩荷塘有感（外三首）

周彩萍

疑入瑶池景一湾，清荷溥露水潺潺。白鸥数点不须还，
谁种江南莲百亩。遂铺凤北碧千杆，轻红偏合雨中看。

凤北群力村赏荷

耽情笔墨几多秋，疏忽春风去或留。
花事即辜三月雨，轻车莫载一丝愁。
黄蜂粉蝶争相戏，碧水娇荷且共游。
十里烟波看未够，又催玉笛上扁舟。

南乡子·莲的故事

流睇自生姿，羞着红妆与碧衣。摇曳天风清入骨，依依，一段
芳华若有期。

春梦了秋池，照水苹洲每怨痴。翠减红消凉日起，迟迟，一点
清愁动碧漪。

水调歌头·勤力村观荷

勤力新村畔，十里芰荷香。人间难测风雨，雷电起无常。池上
园裙乱舞，柳畔鸣蝉嘶叫，万物起疏狂。雨后荷田碧，风至感微凉。

冰啤酒，酱烧鸭，爽穿肠。文人雅客，泼墨书案气昂扬。同颂
康庄诗好，对酌名园情谊，四顾碧苍苍。妙句偶放旷，大爱总无疆。

新湖咏荷（外二首）

宋宝麟

无际莲湖映日惊，芙蓉碧叶耀花城。
春寒种下污泥藕，炎夏为谁献挚情。

蝶恋花·新湖荷花甲天下

前会碧湖花蕾露，点点星星，不愿才情吐。一片蛙声催似鼓，徘徊良久回家路。

今日专程来访汝，知了夸声，害得春光妒。十里荷香天下慕，争来摄影留佳句。

鹧鸪天·荷

荷蕾含羞最丽姿，亭亭欲绽让人痴。镜前自恋迷娥影，晓意前来梦已迟。

晨起雾，百千思，银湖心照胜君诗。凌波玉立瑶台靓，藕断情怀又见丝。

雨过荷塘

群　慧

奔雷掣野塘，黑雾晻天光。

雨骤琼珠乱，萍摇鲤尾藏。

凭栏清气近，信步曲堤长。

堪爱倾盆后，空明一夜凉。

荷田

顾雪明

红蜓羞点点，白鹭梦翩翩。
勤力描新景，莲开福满天。

赏荷（外一首）

王士英

朱华冒绿美荷塘，香远清波夏日凉。
翠叶连天风送爽，鱼儿莲藕乐湖床。

荷塘月色

花姿落雁惊娇态，西子苏杭看太仓。
一曲笙歌湖网奏，荷塘月色醉娄江。

子莲节观荷（外二首）

汪德符

望眼芙蓉艳竞娇，咏荷吟品赞风高。
雅集诗笔歌盛景，更颂初心使命豪。

双凤观荷

绿伞高低望比肩，白娇红媚竞争妍。
迎风摆首蓬头小，贴水盛珠叶面圆。
人静心听花正笑，波微意测藕初眠。
朝霞映碧长栏处，争摄芙蓉并蒂怜。

采桑子·双凤农家乐园水八珍

荷花千顷娇争艳，水底泥深。玉藕初寻，游客舟藏远传音。
红菱黄鳝茨菇嫩，菱白肥荫。莼叶浮淫，时鲜鲈鱼宜上砧。

秀色可餐

鲍善安

环顾周遭尽是莲，西乡勤力露华鲜。

无心去比寒三友，有意争当水八仙。

解暑清风和细雨，消烦绿叶伴全天。

东仓打造田园市，美丽娄城秀色餐。

临江仙·双凤勤力赏荷

邱根生

凤北勤力如画境，炎风莲叶偎红。娉婷婀娜又相逢。幽香魂断，秀色映长空。

骄阳似火轻漫舞，诗人痴醉欢同。禅心若镜属芙蓉。粉莲玉萼，寄意在其中。

凤凰湖咏荷

钱永泉

夏日熏风晚起池，连天碧叶蔚仙姿。

浮红花蕊燃千炬，含翠荷香种九芝。

沼泽安贫无定迹，泥涂守节久生丝。

高情不问尘凡事，玉洁冰清出水时。

荷

沈 静

梅雨初晴见晚凉，斜晖漾影水流光。

一池菡萏留人目，碧叶翻红两岸香。

夏日观荷（外一首）

杨世广

烈日当空照碧荷，芙蓉点点影嫦娥。
南风热闹携香溢，吹洒瑶池梦一歌。

虞美人·醉芙蓉

清香四溢多葱郁，荷叶连天绿。身姿百态玉玲珑，面粉含羞曼舞、醉芙蓉。

三三两两相辉映，高矮娇柔影。宛如仙子下凡生，半点纤尘不染、最忠贞。

荷乡新景（外一首）

黄稼英

田田莲叶舞翩跹，隐隐楼台广陌牵。
昔日不毛皋泽地，而今翻作艳阳天。

双凤大荷田

花分五色开，巧手自镌裁。
雨骤霜茎稳，风摇碧露徊。
青蛩书水墨，翠鸟宿池槐。
此处盈仙气，欢游已忘回。

勤力村赏荷二首（外五首）

钱进才

其一

灼灼红妆千万枝，亭亭翠盖总无私。
乡村事业何曾问，市井文章谁不知。
对景原应容赏月，关心自可约题诗。
芳情若与天长久，岂在风流盛一时。

其二

唯将诗墨助清娱，引得凤栖元不殊。
是日情怀须小醉，此花风味合真儒。
广舒眼处惊魂梦，共倚栏时感画图。
欲为吾村邀雅客，明年入夏再来乎？

勤力赏荷

入梅连雨足，点景向谁忙。
不是来双凤，安知在一方。
青田飞白羽，碧叶掩红妆。
夏日千般酷，风荷十里香。

题小鸟荷香图

入梦香逾久，临波思更妍。

无花终落寞，有翅自翩然。

莫怪莲房小，应知荷盖圆。

此间安驻足，飞欲上蓝天。

双凤勤力村赏荷兼和深波钓叟

已是江南三伏天，轻凉世界在荷边。

红妆绰约香犹美，翠盖飘摇绿更鲜。

安得心田多种玉，如何福地尽栽莲。

若能同赏西乡月，今夜清光定胜前。

勤力村赏荷

芙蓉绽满池，叶叶斗风姿。

白日多疑梦，沧浪好咏诗。

倾听莲故事，续写凤传奇。

待夜邀明月，亭栏凭几时。

洞仙歌·辛丑仲夏勤力村赏荷

红妆翠盖，水面风吹醉，蝶又翩翩弄姿味。上亭台，几个能伴凭栏。清静处，心可纳凉足慰。

许枝开并蒂，莲结双房，别是看花不联袂。纵廊桥宛转，萍叶参差，青泥里，灵根定慧。月一色，香光照三千，净世界，谁能置身尘外。

金句选摘

青野连天阔，风情过目深。

大道花迷眼，新街客满楼。

地作纹枰格，禾分七彩虹。

人说城市多潇洒，我讲农村亦风流。

娄水东来浮旭日，虞山西崎映红霞。

芬芳惹得游人醉，双袖携归入梦香。

落日衔山似红豆，斜阳满地写相思。

千秋福地春生绿，万里人寰雨润烟。

燕绕回塘沙自涨，花开深巷月还新。

烟村水郭遗风在，野径沙汀古迹留。

长望眸底皆乡土，无言胸次若苍穹。

桃花香里归巢燕，梅子黄时拱水鱼。

良渚陶前花信旧，香街桥畔酒旗红。

方惊此地丰年久，又觉初心正路长。

天地相容通万里，风云作伴会三秋。

社稷从来食为天，太平天下靠丰年。

凌波照影苎萝见，回雪凝香洛水逢。

一粒口粮担日月，半渠碧水系江河。

乡间浪漫真颜色，顶上蓝天地上霞。

诗咏激昂名士酒，事关丰歉老农心。

数曲长街殊叠韵，十桥旧景各存幽。

千顷琉璃堆菡萏，一川风月佩琨瑜。

吴越园池村巷静，晋唐楼阁寺门幽。

绿竹篙撑西市雨，蔷薇花落后艄棚。

太仓市诗词协会作者简介

葛为平　中华诗词学会会员、太仓市诗词协会会长、沧江吟社社长

郭学平　中华诗词学会会员、太仓市诗词协会（沧江吟社）首席顾问

曹　浩　中华诗词学会会员、太仓市诗词协会（沧江吟社）顾问

子　愚　中华诗词学会会员、太仓市诗词协会（沧江吟社）顾问

龚道明　中华诗词学会会员、太仓市诗词协会监事、沧江吟社导师

龚国澄　中华诗词学会会员、太仓市诗词协会理事、沧江吟社导师

程永彬　中华诗词学会会员、太仓市诗词协会理事、沧江吟社导师

周黎霞　中华诗词学会会员、太仓市诗词协会副会长、沧江吟社副社长

钱进才　中华诗词学会会员、太仓市诗词协会副会长、沧江吟社副社长

陆淑萍　中华诗词学会会员、太仓市诗词协会副会长、沧江吟社副社长

张　湧　中华诗词学会会员、太仓市诗词协会副会长、沧江吟社副社长兼
　　　　秘书长

邱根生　中华诗词学会会员、太仓市诗词协会副会长、沧江吟社副社长

钱永泉　中华诗词学会会员、太仓市诗词协会副会长、沧江吟社副社长

顾雪明　中华诗词学会会员、太仓市诗词协会副会长、沧江吟社副社长

周彩萍　中华诗词学会会员、太仓市诗词协会（沧江吟社）副秘书长

鲍群慧　中华诗词学会会员、太仓市诗词协会（沧江吟社）副秘书长

黄　匡　中华诗词学会会员、太仓市诗词协会（沧江吟社）理事

宋宝麟　　中华诗词学会会员、太仓市诗词协会（沧江吟社）理事

鲍善安　　中华诗词学会会员、太仓市诗词协会（沧江吟社）理事

王士英　　中华诗词学会会员、太仓市诗词协会（沧江吟社）会员

汪德符　　中华诗词学会会员、太仓市诗词协会（沧江吟社）会员

黄莉英　　中华诗词学会会员、太仓市诗词协会（沧江吟社）会员

陈　晨　　苏州市诗词协会会员、太仓市诗词协会（沧江吟社）副秘书长

邵秀华　　苏州市诗词协会会员、太仓市诗词协会（沧江吟社）理事

黄稼英　　苏州市诗词协会会员、太仓市诗词协会（沧江吟社）理事

沈　静　　苏州市诗词协会会员、太仓市诗词协会（沧江吟社）理事

杨世广　　苏州市诗词协会会员、太仓市诗词协会（沧江吟社）理事

方耀堂　　太仓市诗词协会（沧江吟社）会员

朱保平　　太仓市诗词协会（沧江吟社）会员